Les Mémoires de sainte Marcelle

Direction littéraire : Joël Champetier
Révision linguistique : Revue Solaris
Design et mise en pages : Karine Raymond
Conception et montage photo de la couverture : Karine Raymond
Illustration : Midjourney
Photo : Magali Eysseric

ISBN EPUB : 978-2-9820729-1-6
ISBN PAPIER : 978-2-9820729-5-4

Paru précédemment dans la revue Solaris n⁰ 181, janvier 2012.

Dépôt légal,
Bibliothèque et Archives nationales du Québec, 2024.

© 2024 **Éditions Novembre & Karine Raymond**
editionsnovembre.com | karineraymond.com

Karine Raymond

Les Mémoires de sainte Marcelle

Nouvelle

NOVEMBRE

Depuis peu, j'observe sous un angle nouveau les âmes fragiles qui sont sous ma gouverne. La beauté de leurs yeux pétillants fait naître des doutes dans mon esprit et mon cœur. Mais comment pourrais-je discerner si mon grand âge m'apporte sénilité ou sagesse ?

J'arrive au terme d'une vie de profonde dévotion et, pourtant, j'ai l'impression que le mystère de Dieu reste entier.

Mémoires, sainte Marcelle

Poussée par un désir inexplicable, Emma enfila ses bottines de cuir usé et sortit au petit matin sans prévenir la garde. Elle passa silencieusement devant sœur Claude qui s'assoupissait chaque fois qu'elle surveillait le dortoir.

Le premier gel tombé sur la pelouse donnait l'impression de marcher sur du verre cassé. Emma avait enfilé sa robe d'hiver en laine marine et son linge de corps matelassé dont les coutures lui piquaient les flancs. Malgré l'inconfort, elle savoura la bise glacée du vent qui remontait jusqu'à ses cuisses. Elle savait qu'il était défendu de sortir seule et cet écart de la règle l'emplit d'une allégresse nouvelle. Au monastère, le groupe était constamment présent, voire oppressant, même si la parole était souvent proscrite. Le bâtiment, avec ses cinq fenêtres étroites et son couloir sombre traversant l'unique étage, faisait écho à la morosité de la congrégation. Seul le clocher de la chapelle, interdit aux moniales, s'élevait au-dessus de la barrière qui ceinturait le domaine.

Alors qu'elle enviait les ailes du roitelet qui picorait la terre près d'un pommier, un grattement sur la clôture attira son attention. Cette façon de gratter avec constance, interrompue de pauses étrangement rythmées, lui faisait penser à sœur Ariane qui s'adonnait à la sculpture du bois d'olivier pendant les heures d'artisanat. Le grattement provenait de sa gauche, à environ dix pas. Elle vérifia que cet emplacement était à l'abri des regards, puis se dirigea vers la source de l'étrange phénomène. Emma chercha désespérément une fente dans le bois pour assouvir sa curiosité, en vain. Les planches de la barrière étaient juxtaposées les unes sur les autres de façon à obstruer complètement la vue. Furieuse, Emma enfonça ses ongles dans ses paumes.

D'après l'histoire qu'on lui avait racontée, elle avait été déposée là à l'âge de six mois, en l'an 1668. Apparemment, elle avait sur elle la marque de Dieu.

Étant donné que regarder son corps était strictement défendu, elle ne se souvenait que vaguement d'avoir une tache à l'intérieur de sa cuisse. Son propre visage lui était presque inconnu. À l'occasion, elle pouvait apercevoir son pâle reflet dans l'un des carreaux non givrés des fenêtres. Elle connaissait la couleur de ses cheveux par les brins cuivrés qui tombaient par terre lorsqu'il fallait les couper. Leur longueur ne devait pas excéder celle de l'auriculaire. La première image qui lui venait à l'esprit quand elle reconstituait sa jeunesse, c'était Mère Jeanne qui l'avait empoignée si fort qu'Emma avait gardé les marques pourpres de ses grands doigts squelettiques sur son bras pendant une semaine. Ce fut la dernière fois qu'elle sentit la peau d'une autre personne sur la sienne. Elle n'avait que cinq ans.

Emma se pencha en se tortillant pour réduire l'inconfort de son linge de corps et tenta de déterminer d'où provenait le son. Elle discerna alors le battement des sabots de deux chevaux: probablement une patrouille. Le monastère était protégé par des moines gardiens. En plus d'avoir près de cent acres clôturées, le cloître était cerné par une acre de boisé dense tout autour du domaine. Une étroite route de terre carrossable dédiée aux rondes des moines gardiens longeait la clôture. Enfin, c'est ce qu'on lui avait dit. Elle n'avait pas vu ce chemin, elle avait seulement entendu les chevaux et le craquement des roues sur le gravier, comme aujourd'hui. Apparemment, les moines gardiens, eux aussi, avaient fait vœu de silence, puisqu'elle n'avait jamais entendu ni parler ni chanter. Y avait-il vraiment des hommes ou les chevaux se promenaient-ils seuls avec une charrette attelée au dos?

Une fois la patrouille passée, les feuilles bougèrent de l'autre côté et le bruit inconnu recommença. Le cœur d'Emma bondit dans sa poitrine quand elle reconnut la cause du bruit. De toute évidence, une personne creusait un passage de l'autre côté. Enfin, elle allait peut-être avoir un contact avec la société, une femme, un enfant… pour la première fois, voir un garçon. Soudainement, cette idée l'effraya. Elle avait passé tant d'années à imaginer un homme, en se basant sur les illustrations des saints dans la chapelle. Ses dix-neuf ans étaient un enfer depuis trois mois. Les vagues de désirs qu'il fallait réprimer l'avaient envahie de plus belle. Impossible de retenir ses doigts sur ce corps qu'elle ne devait pas regarder même pendant ses ablutions. Un homme, comment réagirait-elle?

Elle n'eut pas le loisir de réfléchir bien longtemps. La pointe d'un petit couteau apparut de son côté. L'étranger continua sa besogne en tournant la lame pour élargir le trou. Emma se releva et se déplaça de façon à ne pas être aperçue à travers l'ouverture. Elle était déchirée. Sa conscience lui criait d'avertir Mère Jeanne de cette intrusion. Son désir de voir le monde lui dictait de se taire. Ce petit trou était-il creusé par un moine gardien pour vérifier si les sœurs étaient fidèles à leur devoir ? Qui se trouvait donc de l'autre côté ?

La cloche du réveil à six coups retentit. Emma sursauta en réalisant qu'il était déjà trop tard. Dès le premier coup, les Grandes Sœurs ouvraient les portes du dortoir et vérifiaient que chacune était dans sa couche. Interdit de se lever avant l'inspection. Son lit vide bordé de draps écrus criait sa culpabilité en ce moment même.

Elle jeta un coup d'œil aux fenêtres du monastère ; les rideaux, fermés l'instant d'avant, étaient presque tous ouverts. Elle n'avait plus une minute à perdre pour sauver sa peau ; elle déguerpit en concoctant un mensonge acceptable pour Mère Jeanne.

: :

Les plus douées seront inconsciemment attirées vers la révélation.

Mémoires, sainte Marcelle

Mère Jeanne arpentait son bureau. Ses soixante-douze ans lui courbaient le dos et elle traînait sa jambe gauche avec difficulté. Une longue table aux angles droits dépourvue de fioritures encombrait la petite pièce. Une gravure de sainte Marcelle était la seule décoration au mur et le livre des mémoires de celle-ci reposait sur le coin droit du bureau. La couverture de cuir mauve du précieux ouvrage s'harmonisait au fauteuil de velours pourpre de Mère. Les chaises basses des accusées étaient adossées au mur. Impossible de reculer. Pour Emma, le sentiment d'être emprisonnée était insupportable. Tête baissée comme le dictait la présence de Mère, elle lutta intérieurement pour ne pas s'enfuir en bousculant sœur Claude qui était assise plus près de la porte.

«Jeunes filles, vous avez agi contre votre communauté ce matin. Sœur Emma, veuillez vous expliquer maintenant.» Comme toujours, sa voix était froide et dure. Cependant, Emma décela dans son intonation une note inhabituelle de satisfaction. Les mains jointes d'Emma étaient moites. Ses lèvres tremblaient et son côté droit lui piquait atrocement.

«J'implore votre pardon, révérende Mère. J'ai eu une nausée subite ce matin qui m'a fait enfiler ma robe rapidement et courir à l'extérieur. Dans mon empressement, je n'ai pas pris le temps de chercher sœur Claude, qui faisait sa ronde, pour l'avertir de mon trouble. Le malaise persistant, j'ai dû rester dehors pour respirer de l'air frais qui, comme on nous l'enseigne, est très efficace contre l'indigestion.»

Emma avait récité son explication avec précision et elle espérait aussi avoir aidé sœur Claude à se créer un alibi. Impatiente, Mère Jeanne reprit la parole en tapant avec son crayon sur le pot de métal bosselé à sa droite. Ce récipient, destiné à recueillir ses crachats, devait être vidé et nettoyé tous les jours, et c'est à Emma qu'on avait délégué cette tâche. « Il est fort impertinent, sœur Emma, de me rappeler les enseignements qui ont cours dans *mon* établissement. Vous passerez sept jours au Couloir des Repentants. » Emma fut soulagée. Le Couloir des Repentants n'était rien à comparer à la Chambre des Pardons. Elle avait entendu bien des rumeurs concernant cette Chambre, mais n'avait jamais expérimenté les épreuves du pardon. Mère Jeanne céda la parole à sœur Claude. Son teint, qui d'ordinaire était basané, paraissait verdâtre et ses sourcils noirs ressortaient comme de l'encre sur son visage livide. « J'implore votre pardon, révérende Mère. J'ai fait ma dernière ronde tôt ce matin et elle s'est terminée à l'heure de la cloche du réveil. J'ai constaté la disparition de sœur Emma en même temps que l'arrivée des Grandes Sœurs. »

Le silence de la Supérieure pesa lourd sur les deux jeunes femmes. Mère connaissait déjà la punition à donner, Emma en était convaincue. La Supérieure voulait seulement sentir l'anxiété de son souffre-douleur embaumer la pièce. Si Emma avait pu lever la tête, elle aurait vu Mère Jeanne exhibant un rictus cruel.

Sœur Claude était la plus dévouée, mais elle souffrait d'une maladie étrange : elle s'endormait partout, tout le temps. Mère s'entêtait à lui assigner des gardes de nuit. Elle lui martelait devant toutes les camarades qu'elle devait renouveler sa foi dans la pénombre pour retrouver la lumière. Sœur Claude était allée dans la Chambre des Pardons au moins quatre fois depuis le début de sa maladie. Elle en revenait amaigrie et brisée. Parfois, elle avait aux bras des ecchymoses qu'elle essayait de cacher quand sa tâche nécessitait de retrousser ses longues manches. Mère aurait pu la frapper là où les autres ne l'auraient pas remarqué, mais Emma comprenait d'instinct que les blessures de Claude étaient aussi des avertissements pour ses sœurs.

On cogna à la porte. Vérone entra, grande et maigre, le regard noir comme une corneille. Vérone avait réussi à gagner une affection spéciale de Mère. Contre toute attente, elle avait atteint le statut de Grande Sœur à vingt et un ans, alors que la règle stipulait que les Grandes Sœurs devaient attendre leurs vingt-huit ans afin de posséder une expérience suffisante de la vie monastique pour guider les plus jeunes. Elles avaient aussi le privilège de lire certains passages des mémoires de sainte Marcelle.

Un souvenir revint comme un éclair de douleur dans l'esprit d'Emma. L'année précédente, pendant qu'elle était agenouillée au jardin pour déterrer les pommes de terre, Vérone lui avait asséné un coup de pied directement sur le coccyx, et ce, sans raison apparente. Son sourire satisfait avait été plus effrayant encore que le coup lui-même.

Mère Jeanne déglutit et conclut enfin la rencontre en condamnant sœur Claude à vingt et un jours au Couloir des Repentants. Elle posa une main solennelle sur le livre mauve. «Sainte Marcelle, que vos enseignements nous éclairent… Sortez!» Son dernier mot surgit de son gosier âgé comme une plainte d'outre-tombe. Emma se leva d'un bond et, au moment de sortir, entendit la Mère supérieure cracher bruyamment dans son pot.

: :

Certaines se découvriront des dons faibles vers huit ans. Il faut réprimer ceux-ci (par la violence si nécessaire).

Mémoires, sainte Marcelle

En sortant du bureau de Mère Jeanne, sœur Emma et sœur Claude furent envoyées directement au Couloir des Repentants. Dès son arrivée dans la cellule, Emma arpenta le sol pour trouver sept cailloux de bonne taille. Ensuite, elle choisit un coin où elle les entassa. La cloche du réveil à six coups lui indiquerait le moment de retirer une roche et ainsi, malgré l'absence totale de lumière, elle pourrait compter les jours qui lui restaient à subir sa réclusion.

Assise par terre sur la pierre froide du cachot, Emma s'imagina divers scénarios au sujet de l'inconnu de la clôture. C'était le seul avantage du Couloir, mais il était non négligeable : elle pouvait penser librement sans sentir peser sur elle le regard oppressant de ses compagnes. Malheureusement, dès la troisième journée, le jeûne déviait la majorité des pensées vers le désir ardent de croquer dans une pomme ou de savourer une soupe fumante. Le pire désagrément était les rats, les mulots et autres petites bestioles qui la reniflaient de temps en temps. Elle avait pris l'habitude de reproduire le rythme de ses chansons favorites avec ses doigts sur le sol pour éloigner les carnassiers.

Elle purgeait sa cinquième condamnation au Couloir depuis un an, mais c'était la première fois qu'Emma considérait qu'elle le méritait réellement. Ses autres séjours avaient découlé des mensonges de la récemment promue Grande Sœur Vérone. Emma aurait murmuré des mots impurs pendant le sommeil, elle aurait regardé son corps pendant le rituel de la propreté, etc. C'était aussi la première fois qu'elle était au Couloir en même temps qu'une autre sœur. D'ailleurs, elle avait entendu Claude crier dès son arrivée. Les rats devaient l'avoir effrayée.

Les seules personnes qui venaient au Couloir étaient les sœurs qui descendaient à la réserve pour préparer les repas et qui, par la même occasion, donnaient de l'eau aux repentantes et, un jour sur deux, un peu de pain. Entre ces visites régulières annoncées par les cloches, c'était la solitude complète.

Cela faisait quatre jours qu'elles étaient en détention dans leur carré dénué de paillasse. Emma sentait le froid humide pénétrer en elle de plus en plus profondément. Claude l'appela à voix basse.

« Emma… Emma… » Celle-ci fut surprise de se faire interpeller par son prénom sans la dénomination *sœur* qui précédait toujours. Elle se colla au mur de pierre à sa droite pour chuchoter sa réponse, car briser le silence dans le Couloir pouvait lui valoir la Chambre des Pardons. «Qu'y a-t-il?» Sa compagne avait de la difficulté à parler et Emma comprit, dans ses divagations, qu'elle avait été mordue. Emma tenta, en vain, d'avertir la sœur qui vint remplir son godet d'eau. Celle-ci se contenta de répliquer: «Taisez-vous ou je serai obligée de faire un rapport à Mère Jeanne.» Emma insista, mais personne ne vint examiner Claude.

Ce matin-là, après avoir enlevé la pierre du jour, elle put constater qu'il n'en restait qu'une. Le lendemain soir, elle serait de retour dans son lit chaud. Son ventre gargouilla à la pensée de manger enfin un vrai repas. Ce doux espoir fit place à une pensée coupable pour sœur Claude qui n'était qu'à la moitié de sa sentence. Elle s'agenouilla près du mur mitoyen et gratta la pierre en attendant que ses étourdissements s'apaisent. «Claude… nous sommes au sixième jour, tenez bon.» Pas de réponse. Emma attendit un peu, mais son malaise l'obligea à s'allonger en s'abritant sous la couverture crasseuse. Quelques minutes plus tard, Claude cogna sur le mur et parla lentement: «Votre don vous condamnera.» Emma était sidérée alors que sa voisine continuait avec difficulté: «Dans la palissade, la brèche. Ne…» Claude fut prise d'une quinte de toux et Emma se tut, frappée d'effroi. C'était certainement un piège. Comment Claude avait-elle pu savoir qu'Emma avait découvert le trou?

Cette dernière n'osa pas poser la question et Claude ne parla plus.

: :

Selon mes observations, celles qui ont développé les dons mineurs – des rêves prémonitoires ou des visions floues – n'ont jamais atteint le but recherché. Ne pas les entretenir si, par leurs actes ou par leurs paroles, elles deviennent une entrave à la mission ultime.

Mémoires, sainte Marcelle

La nouvelle avait été annoncée cinq jours après la libération d'Emma. Dans le matin grisâtre, la chapelle qui jouxtait les cuisines avait conservé toute l'odeur du pain frais qui avait cuit pendant la nuit. Avant la Prière aux Anges, Grande Sœur Suzelle avait fait la déclaration de foi habituelle du matin et avait poursuivi sans intonation particulière : « Le récent décès de sœur Claude apporte une lumière nouvelle au sein de notre valeureuse congrégation. Son âme éclairée peut maintenant nous guider aux côtés du Sauveur. J'implore votre pardon, mon Seigneur… » La prière avait débuté, laissant Emma le cœur retourné dans sa poitrine. À sa sortie du Couloir des Repentants, elle avait pourtant supplié sœur Suzelle de prendre soin de Claude. Mais non, on l'avait laissée mourir… À la fin du rituel matinal, Emma ne pouvait penser qu'à une chose : la brèche.

Elle n'avait pu se glisser près de la barrière depuis sa sortie. La corvée d'automne du jardin allait lui donner l'occasion de ratisser ce secteur dès le lendemain.

Le matin suivant, Emma observait ses sœurs s'activer autour de la grange. Il lui semblait que la bâtisse en planches minces attenante au monastère pouvait s'effondrer à tout moment depuis qu'elle était en âge de s'en préoccuper. Pourtant, la grange tenait bon sans grand entretien. À l'intérieur se trouvaient les outils ainsi que les enclos des moutons et des chèvres. Au fond, une petite porte donnait accès au poulailler. Emma remplit sa brouette de fumier, y déposa une pelle, puis se dirigea nonchalamment vers les pommiers qui étaient près de la barrière. Elle passa près de la clôture de perches qui délimitait l'espace extérieur du bétail. Elle réprima l'irrésistible envie de caresser cette petite tête d'agneau qui s'offrait à elle. Le contact physique avec les animaux était strictement réservé aux gardiennes des bêtes, c'est-à-dire les Grandes Sœurs. À mi-chemin, elle aperçut sœur Ariane venant vers elle. Ariane avait des cils longs et pâles qui rappelaient les ailes d'un ange. Généralement, Emma appréciait sa compagnie calme et rassurante, mais ce jour-là, sa présence compromettait l'observation de la clôture. En présentant sa pelle en offre d'aide, Ariane entama pourtant un tout autre sujet: «Sœur Emma, veuillez accepter mes sympathies. Sœur Claude vous portait un attachement particulier, elle veille maintenant sur vous dans le ciel.» Emma fit comme si Ariane lui avait simplement offert son aide pour vider la brouette et l'invita d'un geste à l'accompagner : «Tout comme elle protège chacune de nos consœurs.» La jeune femme lui emboîta le pas, la tête légèrement baissée comme il était de mise en présence d'une sœur plus âgée. Emma n'avait que six mois de plus qu'Ariane.

Emma dissipa le brouillard de réflexion qui la rendait malheureuse et, du coin de l'œil, aperçut le trou dans la clôture. Elle déposa la brouette et commença à épandre le fumier autour des arbres fruitiers. À chaque pelletée, elle se rapprochait du but. De plus près, elle remarqua que le trou avait été colmaté. Les dents serrées, elle retint un cri de frustration. Elle avança encore, prête à donner un coup de pied à cette barrière de malheur, quand elle s'aperçut que si le trou était effectivement bouché, c'était avec un papier roulé. Pour faire diversion, elle se pencha en se grattant le mollet gauche. De sa main libre, elle tira discrètement sur le papier. En replaçant son long bas de laine, elle y glissa le message. Excitée et terrifiée tout à la fois, Emma redoubla d'ardeur pour terminer sa tâche.

Même dans la noirceur de la cellule des Repentants, jamais une journée ne lui avait paru aussi longue. Elle devait lire ce mot et s'en débarrasser avant le lendemain, sinon elle serait découverte au moment de retirer tous ses vêtements pour le rituel de la propreté qui se faisait toujours en groupe sous la supervision des Grandes Sœurs. Pas question de cacher le papier sous son lit, les Grandes Sœurs retournaient régulièrement toutes les paillasses pour éviter que certaines n'y dissimulent des fleurs séchées ou un bout de pain.

Dans le dortoir, vingt sœurs dormaient sur des couches posées par terre. Les quatre Grandes Sœurs avaient la chance d'avoir des lits sur pattes et des matelas moelleux dans une pièce adjacente. Emma attendit sans bouger que la gardienne commence sa ronde, puis écouta attentivement la respiration de ses camarades. Certaines ronflaient et cela l'avait aidée à se tenir éveillée. Elle n'avait pas le choix de se rapprocher de la lumière de la fenêtre pour lire le message. Elle ouvrit les yeux et regarda à sa droite, puis à sa gauche : horreur ! Ariane, sa voisine immédiate, était couchée de côté et la pleine lune se reflétait dans son regard rivé sur elle. Quelle mouche l'avait piquée ? pensa Emma, anxieuse de voir son plan échouer si rapidement. Ariane étira un bras vers elle, paume vers le ciel. Sa main, à mi-chemin entre leurs lits, resta vide un moment. Après hésitation, Emma étendit son bras et leurs doigts se rencontrèrent. La main d'Ariane était chaude et réconfortante. Ce rare contact avec la peau d'une autre lui parut surréel et tout son corps se détendit en quelques secondes. Ariane ferma ses yeux et Emma vit des larmes poindre à la commissure de ses paupières. Une ride profonde se forma entre ses sourcils blonds et un frisson traversa tout son corps. Emma caressa doucement les doigts de son amie et réalisa soudain que la couche vide à laquelle Ariane tournait le dos était celle de Claude. Elles avaient dû développer une amitié nocturne pendant toutes ces années. Des pas lourds résonnèrent dans le couloir, la garde avait terminé son tour de l'aile est. Les deux amies ramenèrent leurs bras sous les couvertures de laine rêches.

Jusqu'à maintenant, Emma avait concentré ses forces pour fuir son pénible quotidien. Elle s'était formé une bulle, étanche à ses comparses, en évitant le plus possible le contact visuel avec les autres et en s'acquittant de ses tâches avec une minutie maladive. Elle ne s'était jamais aperçue des petits échanges interdits auxquels les autres s'adonnaient. Elle observa ses compagnes sous un œil nouveau. Comment avait-elle été aussi naïve ? Son désir malsain de s'enfuir l'avait fait passer à côté des seules amitiés qui s'offraient à elle.

: :

Lors des premiers signes du don, la discrétion est de mise. Les âmes encore pures et fertiles de la congrégation doivent être épargnées de ce spectacle.

Mémoires, sainte Marcelle

Des voix lointaines perçaient à peine jusqu'à son esprit. Elle naviguait sur un tendre rayon de soleil, une langue étrangère guidant son vaisseau. «Sœur Emma, réveillez-vous!» La fureur contenue dans l'ordre tira Emma de sa rêverie. Elle inspira comme si elle avait été sous l'eau depuis des heures tandis que Vérone continuait de beugler dans ses oreilles. Emma ouvrit les yeux et tout lui sembla baigné d'une lumière intense. Comment se faisait-il qu'elle n'eût pas entendu les cloches ce matin-là? Elle distingua à peine Vérone, qui se tut sur-le-champ. La Grande Sœur lança un regard accusateur à chacune des femmes présentes, qui se tenaient debout au pied de leurs couches respectives. Emma s'assit dans son lit et observa la scène. Vérone se précipita sur Ariane et lui prit les mains avec vigueur. Alors que la vision d'Emma redevenait peu à peu normale, elle remarqua les doigts rouge vif de la main droite d'Ariane. La même main qu'elle lui avait offerte la veille. Vérone, blanche de colère, la gifla violemment et Ariane s'écroula sur le plancher. Suzelle, malgré sa petite taille, empoigna sans ménagement le bras d'Ariane et la tira hors de la pièce. Toutes les têtes se tournèrent vers Emma et elle sentit un amalgame de peur et de fascination émaner des moniales.

Elle pensa au message et crut un instant qu'Ariane l'avait pris et brûlé. La garde l'avait peut-être surprise et les flammes avaient meurtri ses doigts. Mais, en bougeant sa jambe, elle sentit le papier raide lui piquer le mollet. Elle se souvint que la veille elle s'était assoupie en attendant que la garde reparte pour sa tournée de l'aile ouest. Elle devait agir vite, mais la routine du lever était visiblement chambardée. Elle n'y comprenait rien. « Debout ! » ordonna Vérone.

Emma était dans le couloir, à droite de la porte du bureau de Mère Jeanne. Elle avait l'étrange sentiment d'être déconnectée de la réalité. De plus, elle s'était habillée en vitesse et n'avait pas pensé à mettre le foulard sur ses cheveux. Elle ne se rappelait pas avoir déjà marché la tête dénudée dans un couloir. Elle avait l'impression d'être complètement nue. Angoissée, elle ne pouvait détourner ses pensées de la Chambre des Pardons. Elle y serait envoyée, c'était certain. Emma était assise depuis une heure sur un banc qui lui faisait mal au bas du dos, conséquence du fameux coup de pied de Vérone. Suzelle se tenait debout devant elle. Où était donc Ariane ? Elle tendit l'oreille et attrapa des bribes de conversation entre Mère Jeanne et sœur Vérone sans en saisir le sens général.

« Sœur Suzelle ! Faites-la entrer ! » Mère Jeanne avait lancé son ordre à travers la porte close et la Grande Sœur s'exécuta avec nervosité. Suzelle ouvrit la porte et fit signe à la prévenue de se lever, avec une expression sévère qu'Emma ne lui connaissait pas. À peine celle-ci fut-elle devant le bureau de Mère que cette dernière lui dit d'aller près de la fenêtre. La doyenne se leva et le mouvement de sa jambe lourde glissant sur le plancher fit penser à une couleuvre. Mère Jeanne la scruta minutieusement. « Faites-moi

voir vos yeux, sœur Emma. Regardez vers la fenêtre.»
Emma fixa le jardin à travers le voilage écru et elle
remarqua que tout semblait teinté d'un violet délicat.
Elle n'avait pas noté la subtile différence dans l'enceinte du couvent où tout était gris, brun ou marine.
Par contre, les feuilles jaune doré de l'automne arbo-
raient d'étonnants contours mauves. Mère, la face
écarlate, sortit le livre mauve de sa poche et le baisa en
murmurant: «Sainte Marcelle, votre sagesse m'a gui-
dée une fois de plus...» Sa tête vieillie tremblota sur
son cou et elle dit sèchement à Suzelle: «Amenez-la
au Couloir et ne la touchez surtout pas!» Sa gardienne
la suivit à distance comme si Emma était porteuse
de la peste. Dès la fermeture de la porte du bureau,
elles entendirent hurler: «Vous avez agi comme une
sotte en attirant l'attention des autres sur elle! Vous
subirez la colère de nos pères!» Vérone émit quelques
petits cris, semblables à ceux d'Emma quand elle avait
eu droit au bâton sur les mains pour avoir caressé
un crapaud. Alors qu'Emma aurait dû se réjouir du
malheur de Vérone, elle s'en trouva accablée.

En descendant les marches vers le Couloir des
Repentants, Emma ne put réprimer les questions qui
la tourmentaient: «Qu'ai-je donc fait, sœur Suzelle,
pour mériter de nouveau le Couloir? Expliquez-
moi, je vous en supplie!» Suzelle se crispa, mais
resta muette. «Où est sœur Ariane? Pourquoi
Mère Jeanne est-elle en colère?» La tension montait, Emma pouvait le ressentir jusqu'au bout de ses

doigts. « Éclairez ma pauvre âme, s'il vous plaît… »
Sa gardienne bouillait maintenant de rage. Emma
fut certaine que sa geôlière allait craquer, il ne lui
restait que quelques pas à franchir avant d'arriver
dans sa cellule et d'être oubliée dans les ténèbres
pour un temps indéfini. Elle allait peut-être mourir
dans ce sinistre endroit, comme Claude. Paniquée,
elle fit volte-face : « Suzelle, dites-moi ce qui se passe
ou je n'entre pas dans ce cachot ! » L'autre répondit
prestement : « De quel droit vous adressez-vous à
moi ainsi ? Votre âme n'est plus, disciple de Satan !
Pourrissez en enfer ! » À ces mots, elle oublia la mise
en garde de Mère et agrippa le cou de la pénitente
pour l'obliger à reculer dans la cellule. En quelques
secondes, Emma se sentit investie d'une énergie nouvelle alors que Suzelle criait en regardant l'intérieur
de sa main dont la chair avait fondu au contact de
la gorge de l'accusée. Terrorisée, Suzelle s'enfuit en
hurlant de plus belle.

: :

*Certains effets indésirables, tels des cris paralysant
l'entourage, un toucher de feu ou de glace, peuvent
apparaître lorsque des événements inappropriés
surviennent avant la révélation.*

Mémoires, sainte Marcelle

L'habituelle odeur d'urine du Couloir monta au nez
d'Emma comme si elle avait respiré du vinaigre. Elle

était restée debout devant le cachot. Chacun de ses muscles était tendu au maximum et son cœur battait si fort qu'il résonnait dans son crâne. Des voix étouffées provenant de la porte de la cave résumaient le chaos qui s'intensifiait au rez-de-chaussée : « Le Diable est parmi nous ! On ne peut plus accéder à la réserve ? Que va-t-on faire ? » Malgré la fraîcheur ambiante, son front perlait de sueur. Inquiète, Emma posa délicatement une main sur sa gorge. Aucune douleur, aucune brûlure. Rien. Une impression de savoir, sans pouvoir l'exprimer clairement, la rassurait à demi. Tout s'était déroulé si vite, elle était déboussolée. Une lampe à l'huile éclairait faiblement le couloir d'une lueur mauve. Elle pouvait maintenant lire le mot de la palissade. Peut-être apporterait-il quelques explications ? Elle retira le papier de sa chaussette, s'approcha de la lanterne et le déroula.

À l'intérieur de votre cuisse droite, vous avez la marque de Dieu : un triangle surmonté de cercles à chacune de ses pointes.

Elle pouvait enfin ausculter cette partie de son corps. Elle s'assit face à la lumière en remontant sa jupe. Un triangle violet avec des cercles, le tout de la grandeur de son pouce, était centré à l'intérieur de sa cuisse tout près de la zone de plaisirs interdits. « Emma ? » La voix d'Ariane avait percé à travers la porte fermée de la deuxième cellule. Emma cacha le papier de nouveau et chercha un trou dans les murs.

Pendant son dernier séjour dans le Couloir, elle avait entendu les sœurs prendre les grandes clefs de fer qui cognaient les unes contre les autres. Ces clefs étaient certainement dissimulées près des cachots. Une fente lui parut placée de façon stratégique juste au-dessous de la lampe. Elle glissa sa main dans l'interstice et sentit un anneau de métal au bout de ses doigts. «Sœur Ariane, j'ai trouvé les clefs. Je vous ouvre.» La prisonnière couvrit ses yeux pour les protéger de la lumière qui l'éblouissait. Deux énormes rats partirent se réfugier dans une crevasse au fond du cachot.

«Que disait le message?» s'enquit Ariane. En voyant la surprise dans les yeux d'Emma, elle s'expliqua: «Claude m'a raconté tout ce qu'elle savait. Ne vous a-t-elle pas mise en garde lorsque vous étiez ici, ensemble?» Emma n'osa pas répondre. Ariane parut déconcertée. «Le message que vous avez pris hier dans la clôture, l'avez-vous lu?» Emma pensait avoir été discrète la veille. Est-ce que tout le monastère était au courant de ce bout de papier? «Je n'ai lu que la première phrase… Que m'arrive-t-il, Ariane? J'ai brûlé la main de sœur Suzelle, il y a quelques minutes, et je n'ai moi-même aucune trace de brûlure.» Emma désigna les doigts rougis d'Ariane. «Est-ce moi qui…»

«Oui, c'est vous. Par contre, Suzelle est sortie depuis au moins une heure. Je vous croyais partie aussi jusqu'au moment où j'ai entendu bouger dans le couloir.»

Ariane fit signe à son amie de la suivre. Emma, sidérée d'avoir perdu la notion du temps pendant une longue heure, suivit docilement sa consœur. Ariane prit sa couverture et la lanterne, puis se dirigea vers la réserve. Elles s'installèrent en silence au milieu des légumes, des fromages et des viandes salées. Emma observa le visage d'Ariane avec culpabilité. Sa joue, que Vérone avait giflée, était maintenant cramoisie. Les autres sœurs chuchotaient près de la porte en haut de l'escalier. Cela donnait l'impression agréable que le monastère avait retrouvé sa voix, sa vie. Puis, au loin, Mère Jeanne intima l'ordre aux moniales de la suivre à la chapelle. Des bruits de pas s'ensuivirent, puis plus rien. Emma sortit le mot de sa cachette et le déplia une fois de plus. Elle s'approcha d'Ariane en prenant soin de ne pas la toucher et elle put lire et relire les deux phrases énigmatiques :

À l'intérieur de votre cuisse droite, vous avez la marque de Dieu : un triangle surmonté de cercles à chacune de ses pointes.

C'est tout en haut du clocher que vous vous verrez dans le monde sous un œil nouveau.

« Suis-je la seule à ne rien comprendre ? » demanda Emma. Ariane posa sur elle un regard rempli d'admiration. « Claude n'a révélé ses rêves spéciaux qu'à moi. Elle croyait que nous avions toutes un don. La marque du triangle mauve est sur chacune d'entre nous et elle nous distingue des autres femmes. J'ai toujours cru que c'était un simple tatouage. Selon Claude, c'est à cause de ce symbole que nous sommes ici. Elle a aussi rêvé de toi et m'a répété l'avertissement qu'elle avait reçu dans ses rêves : *Par la douce amitié, le feu sacré devra revivre.* Claude m'a transmis cette révélation la nuit avant de partir au cachot. Cette fois-là, elle avait si peur de mourir. Pour moi, ses récits étaient des fabulations que j'écoutais avec curiosité. Jusqu'à l'annonce de son décès, j'ai toujours cru qu'elle était seulement… *dérangée.* Honte à moi. » Elle détourna la tête pour cacher les larmes qui lui montaient aux yeux, puis chercha quelque chose à manger. Elle prit un pot de lait de chèvre frais et tendit à Emma un fromage de brebis réservé pour les jours de fêtes saintes. « J'ai compris la phrase quand j'ai senti la flamme de vos doigts embraser les miens. Vous êtes le feu sacré. » Elle se tut pour observer ses doigts écarlates. « Mangez. Nous aurons besoin de force pour affronter les prochaines heures. » C'est sans appétit qu'Emma mordit dans la pâte moelleuse. Elle n'était pas plus le *feu sacré* que leurs chèvres, des oracles. Cette histoire était absurde, mais elle n'arrivait pas à expliquer les mains de Suzelle et d'Ariane.

« J'ai l'impression que notre temps est compté. » Emma se tourna vers l'escalier et tendit l'oreille. Toujours ce silence inquiétant. Elle s'imagina que, derrière la porte, sœur Vérone l'attendait munie d'un couteau avec une complice tenant un bâton pour la sacrifier comme le mouton à chaque changement de saison. «C'est bien ce qui est étrange dans ce monastère, Emma. Si elles avaient voulu nous tuer, elles l'auraient fait dès notre naissance au lieu de se donner tant de mal à nous éduquer et à protéger cette prison.»

∷

Guidez l'élue vers un endroit clos où il sera plus aisé de la contrôler.

Mémoires, sainte Marcelle

Ariane relata les rêves mystérieux que Claude lui avait racontés. Emma se délectait de chacune de ses phrases incorrectes et de ses propres mots spontanés, comme du miel sur la langue. C'était si doux de parler et d'écouter librement. Après avoir discuté des prophéties de Claude, elles conclurent que le message était leur seul moyen de connaître la vérité. Ariane avait aussi confirmé à Emma que ses iris avaient pris une teinte violacée, ce qui expliquait pourquoi tout lui semblait de plus en plus mauve à mesure que les heures passaient. Elles auraient préféré s'enfuir. Malheureusement, la porte principale était verrouillée de l'intérieur et Mère Jeanne portait sur elle les clefs des trois cadenas de fer qui les tenaient captives. Emma pensa qu'elle pourrait affronter la Mère Prieure, exiger le trousseau sous la menace de son toucher ardent… mais comment être certaine que son pouvoir fonctionnerait sur la doyenne du groupe, la seule qui n'avait pas semblé impressionnée par la couleur de ses yeux?

Avec la peur au ventre, elles gravirent le premier des deux paliers de marches de pierre. Elles pouvaient déjà sentir une petite vague de chaleur réchauffer leur visage. La tranquillité du rez-de-chaussée leur donna quelques espoirs. Les autres s'étaient peut-être enfuies? Arrivée en haut, Emma colla son oreille à la porte qui donnait sur la cuisine. Elle ne perçut que le bruit des bûches qui craquaient dans l'âtre. Elle ouvrit la porte lentement et vit qu'il n'y avait personne.

En avançant à pas feutrés, elles sortirent de la cuisine et tournèrent à droite en longeant le mur. La porte de la chapelle était ouverte. Ariane glissa sa tête à l'intérieur et se retourna rapidement vers Emma, l'air horrifié. Emma inspira profondément et pénétra dans la chapelle. Elle n'avait jamais vu de cadavres avant. Certaines étaient affalées sur leur banc, d'autres étaient étendues par terre, leurs membres étrangement placés. La lumière du jour perçait à travers les vitraux et colorait leurs visages fanés. Ariane s'assit sur les marches du chœur et pleura en priant, tandis qu'Emma cherchait la robe noire de Mère Jeanne. Pour faire le tour des rangées, elle dut enjamber trois corps. Toutes les sœurs y étaient sauf la Mère Prieure. Elle remarqua que les verres personnels de ses consœurs gisaient par terre. Ces coupes en étain étaient destinées à recueillir le cidre béni distribué pendant la cérémonie du Pardon. Une seule explication lui vint à l'esprit : Mère Jeanne avait empoisonné sa congrégation en entier.

Emma se sentit chancelante alors qu'elle s'asseyait auprès d'Ariane. Toute une vie d'enseignements arides, d'emprisonnement et de châtiments... pour rien. Comment pouvait-elle aujourd'hui discerner le vrai du faux ? À cette pensée, elle observa Ariane qui priait toujours. Son désarroi lui parut sincère. Emma fut incapable d'envisager que sa compagne soit une ennemie. « Ariane, nous devons monter au clocher maintenant. Mère Jeanne est vivante et... » Un éclair d'espoir traversant son corps, Ariane remercia le Seigneur d'avoir épargné la Mère Supérieure. Pour Emma, Dieu venait de s'effondrer aussi brutalement que sœur Vérone, couchée sur le premier banc, la nuque brisée sur l'appui-bras orné d'une modeste volute. Elle n'osa pas rompre la ferveur aveugle d'Ariane et s'en tint à un avertissement : « Soyons quand même prudentes, nous ne savons pas sous quelle influence se trouve Mère Jeanne en ce moment. » Son amie opina de la tête.

: :

Si les soupçons envahissent votre communauté, libérez leurs âmes pour qu'elles puissent renoncer à leurs doutes auprès du Seigneur. Démarrez un nouveau groupe avec de jeunes esprits tendres.

Mémoires, sainte Marcelle

Sonner la cloche était la tâche de la Mère Prieure. C'était donc la première fois qu'Emma pénétrait dans la pièce carrée à droite de l'autel. Elle découvrit une simple corde qui montait dans l'enchevêtrement de poutres. Une échelle en bois était fixée au mur du fond. Elle permettait d'avoir accès à une plateforme, tout là-haut, au niveau de la cloche. Emma releva sa longue jupe, la noua à sa taille puis se mit à grimper. Ariane monta dans l'échelle à la suite d'Emma, mais après quelques barreaux, elle se figea sur place. « J'ai trop peur, je suis incapable d'aller plus haut. Je vous attendrai ici. » Emma continua seule son ascension. Grimper là-haut était interminable. Même dans ses rêves les plus fous, elle n'avait pas osé imaginer avoir accès à la tour. La cloche de bronze s'élevait à deux étages au-dessus du monastère, ce qui signifiait qu'elle allait enfin pouvoir regarder au-delà du mur. L'excitation monta en elle et Emma perdit pied. En bas, Ariane poussa un petit cri.

« J'ai seulement glissé, tout va bien. » Arrivée sur la plateforme, le vent balaya ses courts cheveux. Un magnifique paysage s'offrit à elle. Une forêt infinie s'étendait au-delà de l'aile est. Elle se tourna vers l'ouest et une grande chaleur l'envahit à la vue des minuscules maisons qui apparaissaient au-delà d'une dense pineraie. Un village était niché au milieu de champs vallonnés et encerclé de montagnes rondes. Emma dut se tenir fermement au rebord de pierre pour rester debout malgré son émoi. Elle répéta le message dans sa tête. Elle voyait effectivement un monde nouveau. Par contre, mise à part sa grande joie, il n'y avait rien de particulier dans ce clocher. Elle fit le tour, posa la main sur la paroi gris-vert de la cloche : froide et rigide comme le monastère. À un endroit, elle remarqua que la surface de métal avait été polie récemment. Après avoir enlevé la poussière, Emma examina son propre visage pour la première fois de sa vie. De grands yeux mauves et des cheveux brun cuivré coupés au-dessus de deux oreilles rondes. Un nez comme un bâtonnet au milieu d'un visage long et une fossette à gauche d'une petite bouche.

Une sensation d'explosion silencieuse fit taire le vent et les gazouillements. La lumière devint aveuglante et Emma n'y vit plus rien pendant un long moment. Le temps fut suspendu et, d'un coup, des douleurs tambourinèrent dans son crâne, semblables à des éclairs de chaleur. Bientôt, des images vinrent accompagner le supplice. Des scènes qu'elle ne comprit pas tout de suite.

Là où elle avait observé le village plus tôt, elle voyait d'énormes tours rectangulaires et étincelantes s'élever vers le ciel. Entre celles-ci circulaient à toute vitesse des machines colorées sur quatre roues. Un bruit de tonnerre sortait d'une énorme croix de métal qui transperçait le ciel. Puis, les tours se décomposèrent à une vitesse fulgurante. Plusieurs feux embrasèrent la ville et la vision d'Emma revint au village qu'elle venait tout juste d'admirer. Elle vit Mère Jeanne observer les cuisses dodues de poupons et renvoyer dans leurs familles ceux qui n'avaient pas la marque intacte : le triangle avec ses trois cercles. Pendant ce temps, les corps de ses sœurs formaient un grand brasier à l'avant du monastère. Puis, elle vit le même message qui l'avait conduit au clocher être réécrit par la Mère Supérieure et donné aux moines gardiens. Un des moines creusait la palissade et y insérait le papier.

Par la suite, la vision d'Emma la plongea dans la pénombre. Des moines munis de bâtons de métal la poussaient violemment dans un cachot. Un collier de fer et des chaînes à ses poignets et à ses chevilles l'empêchaient de fuir. Là-bas, d'autres femmes aux yeux mauves étaient tenues captives. Elle ressentit une terrible honte de leur avouer toutes ces images du futur qui la tourmentaient quand ils la forçaient à contempler son reflet sur une surface de métal parfaitement polie. Puis, le noir total. Mère Jeanne apparut lentement devant elle. Un éclair cuisant donna l'impression à Emma que son cerveau allait exploser. L'image souriante de la Mère Supérieure devint floue. Elle réapparut, mais cette fois-ci, la Mère Prieure arborait un air courroucé.

« Emma ! Emma ! Réveillez-vous, Emma ! »

Les cris d'Ariane se firent de plus en plus stridents et Emma revint à elle. Elle se sentit épuisée et s'adossa au mur du clocher. Ariane lui tournait le dos, les bras tendus de chaque côté tel un bouclier entre la Mère Supérieure et son amie. Le sourire de Mère Jeanne était exactement pareil à celui de sa vision.

« Vous savez maintenant ce qui vous attend, sœur

Emma!» lança-t-elle, triomphante. Pourtant, quelque chose était différent du futur qu'elle venait de percevoir. Qu'était-ce? Elle vit un premier moine arriver par l'échelle, puis un deuxième. Était-ce possible? Deux vrais hommes se dressaient devant elle. Le premier tenait un collier de métal avec des chaînes. Le second brandissait un bâton de fer. «Prenez celle aux yeux mauves et débarrassez-vous de l'autre!» ordonna Mère Jeanne. Les moines avancèrent avec précaution de chaque côté de la cloche de façon à emprisonner les deux sœurs. Ariane se mit à psalmodier sans arrêt: «Par la douce amitié, le feu sacré devra revivre.» Les moines n'étaient plus qu'à un pas d'elles quand Ariane se retourna vivement, enlaça Emma puis l'embrassa sur la joue. «Mon amie, protégez-moi!» dit-elle, les dents serrées par la douleur de la chaleur qui attaquait sa joue et son cou. Ce contact intense tétanisa Emma et elle poussa un hurlement qui fit saigner les oreilles des moines et de Mère Jeanne. La Mère Prieure, le cou recouvert de sang, devint folle de rage. Elle se précipita vers les sœurs en poussant un moine dans le trou béant au centre de la tour. Le second moine laissa tomber son arme puis s'affala sur la plateforme. Mère Supérieure tomba à genoux sous la torture des élancements qui jaillissaient dans sa tête, poussa son dernier soupir tandis qu'Ariane glissait mollement par terre. Une partie de sa joue et de son cou était rougie et fondue. Elle serait défigurée à jamais. Emma comprit sur-le-champ ce qui avait été différent de sa vision. Ariane avait pris une décision qui avait changé l'avenir. Malgré sa peur, elle était montée et l'avait embrassée.

Après avoir détaché le trousseau de clefs de la ceinture de la Mère Prieure, Emma demanda à Ariane si elle pouvait se lever.

«Il le faut…» répondit-elle d'une voix faible.

Alors qu'elle passait près du corps de Mère, Emma aperçut le livre mauve qui dépassait de sa robe. Elle le mit dans sa poche avec l'espoir de trouver une explication à cette journée infernale. Les deux consœurs descendirent lentement l'échelle. Le jour tirait à sa fin, leur ignorance aussi. Dans la chapelle, Ariane prit le tissu écru enjolivé de broderies fines qui recouvrait l'autel. De son côté, Emma fit un détour par la cuisine et fourra autant de pains et de fromages qu'elle put entasser dans la marmite qui traînait sur la table. Le cœur gros, elles sortirent du monastère et montèrent dans la charrette des moines. Après quelques tentatives infructueuses, elles trouvèrent comment commander aux chevaux: des bêtes impressionnantes qu'elles voyaient pour la première fois en dehors d'un livre de gravures. Une fois sorties de l'enceinte, en route vers le village, Ariane déchira le linge d'autel en deux et en tendit une moitié à Emma. «Portons-le comme un voile. Il ne faudra pas que les villageois puissent voir vos yeux et… mon visage. Ils nous pourchasseront, c'est sûr.» Emma ajusta le linge sur sa tête et répondit: «Ce que j'ai découvert là-haut nous protégera, mon amie, ayez confiance.» Cependant, la vision des autres femmes emprisonnées lui revint en tête. Elles aussi détenaient forcément le don de voir l'avenir. Emma redoutait que le seul moyen de trouver l'anonymat soit de les libérer. Pour l'heure, elle se permit de croire que son destin lui appartenait enfin. Ariane lui demanda de lui faire la lecture pour détourner son esprit de la douleur insoutenable qu'elle ressentait. Malgré sa grande fatigue, Emma prit le livre de sainte Marcelle, le posa sur ses genoux et l'ouvrit au hasard.

Souvenez-vous, le toucher sur la peau nue et la tendresse sont des révélateurs puissants. Dès qu'elles auront appris à marcher, évitez tout contact avec elles. Plus longtemps les fillettes seront coupées de leur corps et de leur cœur, plus grand sera le don. Tous les ans, à la même période, glissez un message dans un endroit caché mais accessible. Certaines le ressentiront dès l'âge de dix ans. Il est arrivé une fois que cette sensibilité se soit développée à quinze ans. La clairvoyance éblouissante de cette jeune fille a pu nous esquisser un profil détaillé du siècle à venir.

J'ose parfois rêver de la puissance produite par un don révélé après dix-huit ans. Le Pape, qui m'a bénie de sa confiance, serait heureux de saisir le dessein de Dieu à travers la Grande Divinatrice envoyée par Lui. Hélas, l'hiver fait grincer mes os et enflamme mes poumons. Je fais face à ma dernière communauté, j'en ai bien peur.

La jeune disciple Jeanne, qui est démunie de tout don comme doit l'être chaque Grande Sœur, s'est révélée une alliée intransigeante et précieuse qui me permettra de partir en paix.

Mémoires, sainte Marcelle

Emma fit une pause, chavirée par l'expérience inhumaine qui avait régi toute son existence. Elle revit défiler dans son esprit les horreurs qu'elles venaient de vivre, puis repensa au village paisible qui les attendait au bout de la route. Emma sourit tristement. Une odeur d'aiguilles de pin et de cheval emplit ses narines.

À PROPOS DE L'AUTRICE

Nichée sur une montagne des Pays-d'en-Haut, Karine Raymond écrit des romans et des nouvelles entre deux contrats de graphisme.

Pendant qu'elle travaille, elle espère que sa chienne Nabi et la marmotte lui céderont une part de récolte du potager.

⊕ karineraymond.com
✉ info@karineraymond.com
ⓕ karine.raymond.auteure
⦿ karine_raymond_auteure

DE LA MÊME AUTRICE

Romans

Limonade et kimchi, Éditions Druide, 2021.

Rannaï – Tome 2, Éditions Druide, 2016.

Rannaï – Tome 1, Éditions Druide, 2014.

    Finaliste : Prix Cécile-Gagnon 2015.

    Finaliste : Prix jeunesse des univers parallèles 2016.

Nouvelles

Percer les ténèbres, recueil de nouvelles, 2024.

Pendant l'hiver, Solaris n° 206, 2018 (collectif), réédition sous le titre *Hiver nucléaire* : EPUB et papier 2024.

Les Mémoires de sainte Marcelle, Solaris n° 181, 2012 (collectif), réédition : EPUB 2022, papier 2024.

La Malédiction d'Iris, Brins d'éternité n° 45, 2016 (collectif), réédition : EPUB et papier 2023.

Toi et moi à San Diego, édition EPUB 2022, papier 2023.

La peur des chats, Brins d'éternité n° 53, 2019 (collectif).

Nouvelle en anglais

Apex Generation, A Short Story, 2025.

Poésie

Ancrage, Le passeur n° 49, 2023 (collectif).

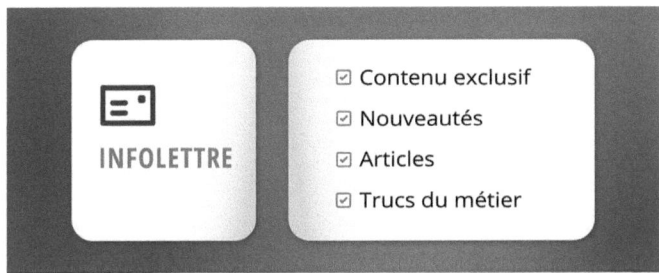

Recevez du contenu exclusif en vous abonnant à mon infolettre : karineraymond.com/infolettre.

AVEZ-VOUS AIMÉ CE LIVRE ?

Les commentaires aident réellement les auteurs à faire connaître leurs œuvres. Si vous avez aimé ce livre, n'hésitez pas à écrire une critique sur votre plateforme favorite, ce serait grandement apprécié !

SÉRIE *RANNAÏ*

Paru en 2014, le premier tome de Rannaï *a été finaliste au Prix Cécile-Gagnon 2015 et au Prix jeunesse des univers parallèles 2016.*

À l'annonce de la fermeture du dôme au-dessus de la ville de Rannaï, Issarie invite sa sœur à fuir avec Amdo vers les communautés de la Terre. Mais à l'heure du départ, une mystérieuse mendiante vient bouleverser le plan des trois compagnons tandis que le secret d'Amdo met en péril leur projet.

RANNAÏ – TOME 1

EXTRAIT

Blottie par terre dans un coin sombre de son appartement, Issarie attendait que ses pensées redeviennent cohérentes. À peine quelques jours plus tôt, la possibilité de quitter la ville lui paraissait ridicule, mais maintenant que la date fatidique de la fermeture du toit approchait, elle n'était plus sûre de rien. Issarie tentait de dompter sa tempête intérieure en contrôlant sa respiration, mais rien à faire, un étau serrait de plus en plus sa poitrine.

L'unique pièce qui composait son appartement était un endroit déprimant. Ancienne résidence universitaire, le bâtiment avait été transformé en habitations à loyer modique avec toilettes payantes à chaque étage. Issarie s'estimait chanceuse d'y habiter seule, contrairement à ses voisins qui étaient parfois quatre à s'entasser dans ces logements.

Issarie se remémora la maison si spacieuse dans laquelle elle avait vécu les premières années de sa vie et où elle se promettait de retourner coûte que coûte. La clé de cette maison était accrochée à côté du comptoir de cuisine sur un vieux clou rouillé. « Est-ce le temps d'y retourner ? » se demanda-t-elle. Espérant une réponse providentielle, elle jeta un regard à sa fenêtre à demi ouverte et sentit l'odeur poussiéreuse de la ville. En s'assoyant à cet endroit précis de la pièce, elle apercevait un bout de ciel perdu au milieu des grandes tours grises. Elle sentit son cœur s'emballer, petit moteur indépendant qui lui annonçait une montée d'angoisse.

Issarie fit glisser son sac vers elle et fouilla énergiquement pour trouver ses médicaments. Sentant qu'elle n'échapperait pas à cette crise de claustrophobie, elle prit un cachet et l'avala sans eau. Elle reposa sa tête contre le mur et contempla le ciel cisaillé par la structure qui soutenait le dôme. Une larme se logea dans son oreille. Ce dôme qui se refermait sur la ville plusieurs fois par année était devenu comme un vêtement chaud inconfortable : il l'étouffait autant qu'il la protégeait. Ambivalente quant à l'utilité de cette protection, Issarie fixa longuement la clé de la maison familiale. « Faut-il que j'abandonne le dernier rêve qui me tient en vie ? »

Une pensée se fraya vers sa sœur Anya. Celle-ci avait hérité du visage rongé par la tristesse de leur mère. Pouvait-elle l'abandonner maintenant, alors qu'elles s'étaient appuyées l'une sur l'autre depuis tant d'années ? Autant sa sœur lui donnait une certaine assurance, autant elle se sentait opprimée par tout ce qu'elle représentait. Anya serait-elle prête à quitter la ville et tous ses avantages : un emploi, un toit, une protection contre la pollution et les rayons du soleil ? Leur ville, leur Rannaï dans laquelle elles avaient fondé tant d'espoir. Tant d'espoirs déçus...

Leur avenir se résumait à peu de choses. Anya avait poursuivi des études universitaires. Archiviste, elle travaillait au catalogage des données de la colonie lunaire à l'Agence spatiale. Elle touchait un bon salaire et occupait un studio, toilette incluse. Pour l'instant, Issarie n'avait que ses études collégiales générales et un salaire de caissière qui suffisait à peine à couvrir ses dépenses sans cesse plus importantes : l'eau, l'électricité, la nourriture... Issarie repoussait toujours la discussion, mais tôt ou tard elle devrait demander la permission à Anya d'emménager chez elle. Les deux sœurs n'étaient pas dupes, ce n'était qu'une question de temps.

Issarie se sentait si minuscule devant les gigantesques décisions qui s'imposaient à elle. Avait-elle réellement l'audace de faire ce choix entre la triste sécurité d'une cage et la liberté de l'inconnu ? Avait-elle la force de réaliser son rêve ?

Les genoux serrés contre sa poitrine, elle ferma les yeux, espérant se désintégrer sur-le-champ en un tas de poussière. En fronçant les sourcils, elle ouvrit les paupières. Elle était toujours là : Issarie Jalmat, 10 septembre 2130. 7304, rue de l'Université, chambre 721, Rannaï.

Issarie observa son canapé-lit défait, ses murs bleu gris troués et la petite table encombrée de ses cahiers d'études et de vaisselle sale. «Non, je n'ai pas la force qu'il faut… Mais je n'ai plus le courage de subir ce quotidien.» Elle se leva péniblement et respira à fond. Le miroir jauni sur le mur devant elle lui renvoya le visage d'une jeune femme qu'elle ne connaissait pas.

Il y avait peut-être une lumière au-delà de ces murs de béton… et elle irait la saisir.

: :

La série *Rannaï* est offerte dans toutes les librairies en format papier et numérique.